あかんべ

芦谷浩一さんへ

ぷかぷか　あかさたな　進学
若葉の頃　てんてんつけたら
ある五月の風景　夏みかん　なまえ
つゆ空　はんこ　蛙　旗かげ　鈍行列車
背のび　日本語　木陰にて
イタズラっ子　さんすう（夏の問題）
くじら展望台　雨あがり　化石博士
神殿　赤と青　馬耳東風　オリンピック
ソレア　潮風　砂絵をえがく者　神話
夜汽車　石ころ　会議　日本海
記念写真　九月五日　まくら
夕暮れの村　月の舟　ぶらんこ　夕月
なでぃら　モロッコの風景　吟遊詩人
風　パレット　ガラス玉　青空
ジュラ年代記　青い月夜の晩だった
死後　あの世から　陽の匂い

うちのチビ　家族　ほうき星
シャツと目玉　テーマ　丸窓　ごぼろん
あいつ　糞《ふん》　冬の境内　雪あかり
おなべ　のっぺらぼう　時代　悲しみ
空っ風のブルース　二宮金次郎　留守
詩情　雨のうた　シベリヤ寒気団
怪獣ごっこ　えぇん　さんすう（冬の問題）
淋しい観測所　身繕い　はやり風邪
先史時代　雀　水の叙情
その独立性についての考察　北の町
いらいら　かなしみ　反論　雪と桜
早春　つれあい　くくっ　結婚式
マティス　ふとん干し　オノマトペ
夕桜　チンチン電車　春　小さな家
あっかんべー

ぷかぷか

まひるのへやのまんなかに
ナマケモンの父ちゃんはどでんと座って煙草を吸ってる
ぷかぁぷかぁ
そのそばで、ナマケモンの母ちゃんは
せっせと針しごとをしているが
ぬい目はさっぱり進まない

窓のそばで兄ちゃんは
まるでナマケモノみたいに
さっきから、ぼんやり青い空をながめている

あかさたな

ひらがなが一行ずれたらどうしよう
さかなはたさは
かみはさゐ
こけしはそせちでさるはたう
まきこちやき

進学

夏みかんの実る町でバスに乗った
財布には千円札しかなかったので「きってください」と言ったら
「きるんですか」
と　少年のような車掌から尋ねられた
開《ひら》いた窓からかすかに海風が匂っている

若葉の頃

古い住宅街のとっぺんにある
こんもり茂った
森のような神社へとのびていく細い急な石段には
小さな手すりがついていていて
踊り場の傍らに立ち
見あげると
大きな緑の欅《ケヤキ》を風が吹きぬけ
枝がゆれ
うら返った無数の葉という葉が
陽の光をさえぎりながら、涼やかに団地の空へと舞いだして行きそうなのが見える

てんてんつけたら

六時より
梓屋《あずさや》にて懇親会
淑女の皆様はそろそろとお集まりください

ある五月の風景

〝キミと僕はどうもねじれの位置にあるみたいだ〟
〝良かったね！
もつれてなくて〟

五月の風があきれた風《ふう》にふたりの間を行き来した

夏みかん

山あいを走る
汽車から見える
あの夏みかん畑に寄るために
次の無人駅で降り
僕らは一本道を汗をかきかき歩いていった
海辺の崖地に実る
大きなみかんをもいで食べたら
酸っぱい汁が渇いた喉にしみ渡り、やがて初夏の風が僕らの間を吹きぬけていった

あの時食べた夏みかんには、瑞《みず》々しい恋がまだたっぷり含まれているようでした

なまえ

たとえば
机のなまえがもし椅子で
椅子のなまえが机だったらどうだろう

…なんだかしっくりこないな
やっぱり机は机だし
椅子はどうしたって椅子って響きだ

つゆ空

カボチャ畑を
白いモンシロチョウが飛び回っている
空には
つゆどきの薄い雨雲がかかり
あたりは全体にうす暗いが
何十匹もの白い小さなチョウがふわりふわりと畑に浮かび
その辺だけ
ふしぎに空気が明るく軽くなっているようだ

はんこ

ごろんと机の上に転がっている君の
意思ひとつで
お金や住所や信用までが
あっちやこっちへ行ったり来たりするというのに
そんなこと
君はどうでもよさそうだね

蛙

しずかな雨が降っている
コーリャン畑の
畑の土にも
雨はほそほそと降っている
やがて雨は激しくなって視界が悪くなってきた
雨粒どうしが
くっついて向こうの方がよく見えない
それらの雨粒を伝って
蛙たちが、畑からぞろぞろぞろぞろぞろ天をめがけて昇りはじめた

旗かげ

夏風に
日の丸と社旗がゆれている
地面を見ると
二本の旗が
くっついたり離れたり
身をよじらせたり戯れたりしているが
影なので
旗模様まではとんと分からぬ

鈍行列車

午後二時十四分発
各駅停車の
ふつう列車は乗客もなく
昼下がりの
がらがらの車両を走らせている
その空《す》き具合があまりにぴったりだったから
僕は
車掌にたのんで
入道雲に寄ってもらうことにした

今しも、列車は
線路を離れふわりと空《ちゅう》に浮かびあがったところである

背のび

大きく深呼吸をして
背のびをして
大きくなって、もっと
もっと大きくなって　そのまま雲をすくって食べてしまおう

日本語

おら　おい　わい　わし
私《わたくし》　拙者
自分　小生　朕《ちん》　それがし
おいら　おいどん　我輩　わちき
わっち　俺っち　手前　こちとら
僕　ぼく　ボクチン　余　身ども　俺　オレ　俺様　あたくし　あっし
わて　あて　わっし　我　本官
わだす　当方　ウチ　あたい　私　妾《わらわ》　に
あたし、麿《まろ》

木陰にて

潮風の吹きぬける海辺の丘の
ガジュマロの木陰で
午《ひる》すぎ、キミは
眠りたくなったから、夢の中でシャボン玉をひとつぱちんとつぶした

イタズラっ子

あっ、雨だ！
ざんざかざんざか降ってきた
空の上では
イタズラ好きなお天道《てんと》様の子どもたちが
じょうろをぐるぐる振りまわして
母親に叱られているかもしれない
それから
しょぼくれた顔をしながら、雲間から人間たちのあわてる姿を楽しんでいるかもしれない

やぁ、ごらん！
大きな虹だ
にこにこ顔した子どもたちが、並んでぞろぞろ楽しそうに雨あがりの虹の上を歩いている

さんすう（夏の問題）

70kg《キロ》の痩せた人
70kgの太った人
えいっと
夏の青いプールに飛び込んだら水がたくさん溢れるのは、どっちだ？

くじら展望台

夏空に青いくじらが浮かんでる
のんびりぼんやり浮かんでる
ぷぅーーーっと
時おり
潮を吹きあげる
くじらの脇には展望台
白い細い雲の展望台が海からずっと伸びてきている

どちらも見慣れない光景だが
とにかく僕は展望台のガラスのデッキでビールを飲み干すことにした

雨あがり

雨あがりの地面についた小さな足あと
広場のはじから始まって
なぜだか
ふいに真ん中あたりで消えてしまった
そこから雲に乗ったのだろうか
それともむにゅりと空中《ちゅう》にとけたのだろうか

しばらく考え 顔を上げたら
雨あがりの大きな空にきらきら光る虹の水滴が浮かんでいた

化石博士

あの地層を掘ってみよう
あそこからは
きっと、あの日の
霙《みぞれ》と風を硬質プレパラートに挟みこんだ資料《サンプル》や
未来カンブリア紀の
翼竜《ヨクリュウ》の、びかびか光る化石が発見されるのを待っているだろう

バゥム博士は登山帽を片手に地層にハンマーを打ち込んだ

神殿

神殿の中庭から
見あげると
樫《カシ》の大樹の中ほどに雲がかかり
ごつごつした大きな室《むろ》が開いている
よじ登って
首を突っこみ覗いてみると
赤い優雅な木造機体に
軽やかな、白い複葉翼をもった飛行艇が悠々と青空を飛んでいた

アドリアの澄んだ海が一面に広がっている

赤と青

ポンペイの壁の中で
赤のダンサーは情熱的な太陽の踊りを捧げている
豊かな黒髪が一瞬ふわりと
宙に舞い
両手の指で風を掬《すく》おうとしている

その頃
青のダンサーは
タヒチ行きの南洋貨物船の甲板の上で優雅に猫のポーズをしていた

馬耳東風

〃皆、
五分前行動を心がけなさい〃
と　言われるけど肝心の君だけは聞く耳ももたず
カチカチ
カチカチ　無心に動いている

オリンピック

白い飛びこみ板《ばん》のうえで目をつむり
一瞬ののちに
反動をつけ、君は上空の青い空めがけて跳ねあがった
躍動の頂点で
ひらりと体を跳ね反《そ》らし
そのまま
ぴんと揃えた指先から
君は、青く透明なプールの水面《みなも》に音も立てずに突きささっていった

しいんと静まり返った会場
やがて割れるような拍手と歓声が遠くの国々にまで谺《こだま》するのが聞こえてきた

ソレア

うす暗い酒場の片すみで
パコ・デ・ルシアの
細く長い指がフラメンコギターをかき鳴らす
床が踏み鳴らされ
止まり　指先がゆっくり弧を描く
アンダルシアの平原を白い風が渡っていく

潮風

プレヴェサの海戦で
君は
ガレオン船の甲板の上に立っていたね
潮風を身に纏《まと》い
太陽を背に受けて見るからに勇壮な若者だった

あれから潮目が変わったのか
ユタ州の田舎町で自動車の中古部品を売り歩いている君を見た
父君は元気にされているだろうか

砂絵をえがく者

白い砂
ラピスラズリの深い青
骨炭《こつずみ》の黒に
明るい辰砂《しんしゃ》の朱《しゅ》結晶
彼は
雨ふらしの杖をもって
乾いた褐色の大地に二重らせん模様を描きつづける
それは死者でなく生者のための儀式である

神話

深海からローリング・ストーズのメンバーを釣り上げようとする
皇帝アタワルパ・ユパンキの真夏の夜の夢に
ついて話したけれど、皆
ふうん　と言ったっきりそのまま乾いた墓石《ぼせき》の塵になってしまった

夜汽車

遠くで枕木が鳴っている
あのカランカランという音を聞いていると
場末の
スナック勤めの若くない女の
西日の残る蒸し暑いアパートの窓際が脳裏をよぎるのはなぜか

石ころ

散歩をしてたら
足元に転がっていた小さな石ころ
平べったくて
冷たくて
つんつるつんの玄武岩
いったいキミはどこで生まれ
どうやって
こんなひなびた海辺の町の
せまい路地の片すみで私と出会うことになったのか

会議

人のいなくなった
部屋にずらりと並んだ椅子はとても無口で
何も言わずに前を見ている

日本海

夏の終わり
ひなびた海ぞいの町を歩いていると
突然、
町並みが切れ
目の前に荒々しい北陸の海があらわれた
冷んやりした砂浜をいくと
足裏に
ざらざら湿った砂がこびりつく
私は錆びたぴすとるを探して歩いたが
そんなものは
もうどこにもなかった

記念写真

閉まった倉庫のような顔
と　いうのは決して褒められていないんだろうな

九月五日

台風の残り風が
東の空の透き間からびゅんびゅんこの町に吹きつける
と　電線がびゅうんと唸りをあげる
今日は
ボクの好きな雀たちもちっとも顔を見せてくれない

まくら

ひじまくら
うでまくら
そばがらのまくら　くさまくら
まくらことばにだきまくら

まどをあけたらまっくらだ

夕暮れの村

夕暮れがせまる
この村の
小さな通りに灯りがひとつ
つづいて
灯りがふたつみつ
ぽつんぽつんと点《とも》りはじめた

屋根のうえには、一番星
空がだんだんその青さを失いだす頃、山の端《は》はその輪郭をよりいっそう際立たせ始める
あなたは
この村で心を失くしたのだろうか

月の舟

月の舟に乗って
ゆらゆら大海に漕ぎだしてゆく
青白い
星の光やエーテルが
ぱちゃぱちゃと舟の側湾にぶつかり
しぶきを飛ばし
音を立てる
二本の櫂が舟を沖へと押しだしてゆく
舟の下で
今しもぱちゃりと魚がはねた

ぶらんこ

細い黄色い三日月にロープをかけて
板切れむすんで
座ってさ
大きく前後にゆすったら
みるみる地球を離れていって火星にタッチして戻ってきたよ

夕月

今宵はまた
やけに細い三日月が西の夕空に浮かんでいる
先ほどから
空の色はうつろいはじめ
紺青《こんじょう》と茜色が
水に溶かした絵の具みたいに混じりあっている
あまりの空の美しさに
私《わたくし》は、
しばらくの間
三日月のうえに寝そべって、黄昏《たそがれ》ていくこの世界をぼんやりひとり眺めていた

なでぃら

ほろりは　らそ　らゎよっ　らおよねっ　みなううちき　ちし
あけねねつの
りや

モロッコの風景

石の階段を下りてきて
開いたドアの所で立ち止まり
どちらに行くか思案する
今日は乾いた九月の朝だから左の道へ進んでいこう

上着を肩に引っかけて
僕は、マラケシュの街に今朝の一歩を踏みだした

吟遊詩人

ボブ・ディラン
ボブ・デュラン
ボブ・デゥラン
やっぱり、ボブ・ディランがいいみたいだ

風

チベットの方角に
空いっぱい
ばらした詩集を放り投げたら
白いひつじ雲になってダライ・ラマの椅子へ飛んでいった

パレット

悲しみに色をつけてみた
キミは淡い水彩が似合うみたいだ
そうだ　ホッパーの
『海辺の部屋』の青い絵の具にほんのちょっとだけ朝の陽ざしを混ぜてみよう

ガラス玉

透明なビー玉を
秋晴れの地面にころがした
ガラス玉の中で冷たい青空が回転している

ガラスでできた
青空をふたつの 掌《てのひら》 で包みこんだら
蒼い地球はボクらを乗せて、ぐぐっと暗い宇宙の中を進んでいった

青空

サイロにつめた干し草の山
どさりと
全身を投げ出すと
むうんと干し草の匂いが立ちこめてくる
それはなぜだか
古い記憶をよみがえらせて僕の気持ちを悲しくさせる

そのままぼんやり眺めていると
屋根のあたりの
こわれた窓に、冷たい秋の青空がぽっかり浮かんで流れていくのが見えた

ジュラ年代記

あの時計がぐるりと一周する前に
ジュラ年代記に書き込みをしないといけないない
２０８０年の
分離不可避問題の結末について

青い月夜の晩だった

ふと
思いたって
ヤドカリの白い貝がらに潜りこんでみた
青い月夜の晩だからか
くねくねと
曲がりくねった貝がらの中は
あたり一面に青白いしずかな光りが満ちていて
それは
終わりのない鍾乳洞のようでした

死後

暗く冷たい宇宙空間を
くるりと丸めて
覗いたら、筒のはるか先っぽに青い小さな地球が浮かんでいた

あの世から

青い地球を
ものも言わずに見つめていたら
きれいな秋の庭先で
残してきた子どもと孫たちが楽しそうにはしゃいでいる
しかし
間《あいだ》には透明な膜があるようで
音だけは
どこか遠くの方から響いてくるのだった

陽の匂い

あたたかい春の日の匂い
冬の陽だまりの柔らかな匂い
秋の草原をながれる光の匂い
そして
ひろげた干し草にあふれる真夏の太陽の匂い

みんなママの匂いに似ている

うちのチビ

どうしても
テレビがテベリになってしまうし
おさかなさんはおかさなさんになってしまう

『スカベッティ・キャマメルの手記より』

家族

親父はスカベッティ・キャマメルで
お袋はとうもころし・おすくり
そいでもって
兄貴はちんぴら・ごろうで
双子の妹はティキィ・コップポーンと
　ぶっくり・コップポーンという

だれか文句ある？

ほうき星

あの星がやって来たら何かが起きる
と　代々《よよ》に
言い伝えられてきたことを
婆さんは息せき切って
伝えた後、ころりとあの世に逝ってしまった
その夜、暗い夜空の真ん中に
青みがかって長い尾を引くほうき星が現れなかったことは言うまでもない

シャツと目玉

長女が言った「お兄ちゃん、シャツが裏返し」
次女が言った「お兄ちゃん、シャツが後ろ前」
逆さまはないだろう
と　ふりむいたら左右の目玉が入れ替わっていた

テーマ

毎日
テーマを持って生きるのがいいと誰かが言った
それで卓球にした
ボールとラケットの生き方の違いについて考えていたら
いつの間にか
とっぷり日が暮れてしまった

丸窓

気づくと
向かいのビルの後ろから丸い黄色い月が出ていた
折れまがった
急な狭い
非常階段の踊り場で
私は足を止め、じっと空に目をやった
月は寡黙で、妙に静かなこの町裏の路地を見下ろしている

小さな飲み屋の丸窓から、時おりどっとにぎやかな笑い声が聞こえてくる
路上には、錆びた十円玉がひとつころがっている

ごぼろん

ごぼろん　ごぼろん
我はごぼろん
君もごぼろん
我々は我で
我は君々で
君も我も皆ごぼろんである
ああ
ごぼろん　ごぼろん
今夜も遠くでごぼろんが鳴いている

あいつ

山の向こうから流れてくる
灰色の厚い雲
あいつは今
この町の建物や
街路樹や、道いく人たちの上に物も言わずにひっそり覆いかぶさろうとしている
あいつがボクの心に入ってきたら嫌だな
早めに
熱いココアと妻との会話でこの透き間を埋めてしまおう

糞《ふん》

四十雀《シジュウカラ》が庭にきて
すっかり葉のおちた木蓮の白い枝に止まった
体を
一瞬ひくくして
ふんと踏んばったら其の後ひとつぽちんと落ちた

冬の境内

寒いのか
キミは、しきりに両手を擦《こす》りながら
白い息を吐いている
町のずっとはずれにある
梅の木の神社の境内では白いマフラーが寒空《さむぞら》のキミの首に巻きついていた

雪あかり

表は雪が降り続いているようだ
物音ひとつ
コトリともしない
しんと冷えこんだ座敷の障子をがらりと開けると
真っ白な
庭の向こうは変に明るく
町はいちめんの雪げしきのようだった

道にも屋根にも
電信ばしらにも雪はまだ降り続いている

おなべ

リンリンリンリン　ベルが鳴る
リンリンリンリン　あさからね
リンリンリンリン　まだ眠いから
リンリン　　　おなべに突っこんだ

のっぺらぼう

朝、
起きて
うーんと背のびを一回したら
冷たい水でごしごしごしと顔を洗う
タオルでふいて
鏡を見たら
目鼻が取れた
ワタシがじっと私を見ていた

時代

昔、
電話をかけると
とってもちっさな小人たちが
電話線の中を
メモ紙を持って何人も何百人も走り回っていたものだが
最近ではスマホが普及し
彼らの大勢は馘《くび》になって、皆座敷でひなたぼっこをしながら一日中暇そうにしているらしい

悲しみ

円錐体の悲しみについて
球体は知らないし
ましてや立方体は知る由《よし》もない
一方でマッチ箱がそれを知る可能性はわずかながら残されている

その可能性について根拠をあげながら百五十字以内で述べよ

空っ風のブルース

一本道を歩いていると向こうの方からやってきた
吹きっさらしの空き地をこえて
垣根を曲がり
落ち葉をかさこそ
巻き上げながら、空っ風はすぐ私の傍《そば》を吹き抜けていく

ふりむいたその瞬間、
ボクは、どこかに何か大切な忘れ物をしているような気がした

二宮金次郎

わらじを履いて
薪《まき》を背負い
雨の日も風の日も校庭で本を読んでいる
それは
君が望んだことなのかい

留守

帰宅して
ただいまあと大きな声で言ったけれど
家の中は妙にがらんとしていて
声は
行き場がなかったのだろうか
家中に響きわたった後
壁のすき間にストンと落っこちそのまま姿を見失ってしまった

詩情

捨てようと
しても、ボクの周りをついてくる
もう一度捨てようとしてもボクの背中にしがみついてくる
仕方なく
ボクはキミを紙に書きつける
安心したのだろうか
やがてキミはあっさりボクから離れていった

雨のうた

パラララ　パラララ　パラライカ
バラララ　バラララ　バラライカ
ぱらぱら　ばらばら　あめがふる
ばらばら　したいに　あめがふる

シベリヤ寒気団

きらきら光る水滴のついた小さな氷柱《つらら》を
逆さにもって
つんと先っぽで雲をさしたら
大陸の空のどこか下方に穴があいたのか
そこからシベリヤ寒気団がどかどかどかどかどか賑《にぎ》やかに日本列島《にっぽんれっとう》に流れ込んできた
そこで、慌てて僕は栓をした

怪獣ごっこ

とんちゃんは怪獣ごっこが大好きで
お風呂に入ると
いっつもね
泡だらけのぶっくぶっくに変身したり
パパ怪獣を水鉄砲でピュンピュンピュンピュンピュンピュン撃ちまくったりするんだよ
そいでね
お湯からあがるとぐったりしちゃって
やがてママの膝のうえでぐっすり眠ってしまうんだ
さぁ、とんちゃん
涎《よだれ》を拭いてやさしい夢を見るんだよ

えぇん

ぼぐ
なんにもしでなぃに
ぼぶが
ぼぼぼぐがただいだっでぃぅ
ぼぼぶがただいだかだぼぐもぼぶたただいだ、に
ぼ、
ぼぐがでんぶわるいみたぃゆう
ぼ、ぼぶのば
ばが

さんすう（冬の問題）

80kg《キロ》の痩せた人
20kgの太った人
お湯がこんこん涌きでる温泉に
ぼっちゃぁんとつかったらお湯がたくさん溢れるのは、どっちだ？

淋しい観測所

今日はやけに表が明るくて眩しい
まだ冬の盛りで
空気はつんと冷たくて
油断していると、風さえびうびう唸りだすのに
この明るさは何だ
ガラスごしに空を眺めていると
まるで
光でできた気圏の底の淋しい観測所にいるような気さえしてくる

身繕い

僕の窓から見える
いろんな窓
あのブラインドを下ろした窓の向こうでは
アントン・チェーホフが今まさに茶色い髭をブラッシングしようとしている

はやり風邪

いけない
いけない
はやり風邪でもやったのだろうか
身体が芯からぞくぞくとする
早く帰って
布団にもぐり込みたいのだが
こんな日に限って
大きな黒い雪ぐもが帰り道をさえぎってしまって
にっちもさっちもいかない

先史時代

アルタミラ洞窟の
野牛にまたがっていた頃の靭《しな》やかな若さを
彼は
和便器に
またがりながらしみじみと懐かしんでいた

雀

どうしたんだい
君は
最近ちっとも顔を見せてくれないじゃないか
そんなに忙しくもないだろうに

やっぱり米粒でも撒かないとダメかい？

水の叙情

二月、
多摩川の鉄道橋の下に立ち
夜明け前の
川面を見ていた
暗い川は冷《ひ》んやり無表情で
何も語らず
そこにじっと立ち尽くしているようだった

七時、
朝日が差すと霜が
ゆるみ、川はその表情を柔らかくした
そしてややあって安心したのか、ようやく海に向かって流れはじめた

その独立性についての考察

加湿器はエアコンを補完する
エアコンは加湿器を補完しない
まだ暖房の入らぬ寒い冬の朝
座敷の隅っこで加湿器は何もしゃべらずひとり静かにたたずんでいる

北の町

海辺をはしる列車に乗って
少年は
北の町へ帰郷した
通路をはさんだ向かいの席にはおばさんが
ひとり、ぽつんと座っている
暖房の効きすぎた車内は
ひと気がなく
曇った窓ガラスを指でぬぐうと
がらんとした
国道ぞいに
冬の海が波を打ちつけるのが見えた

いらいら

終わらない会議だとか
妙なヤツだとか
ひもじかったり腹が減ってたり

いろいろないらいらが溜まって
僕の神経のねじをぎゅりぎゅりぎゅりと絞めてくる

かなしみ

キミたちに
ブレーカーの悲しみがわかるか
制限された容量の中で
瞬《まばた》きもせず反乱もくわだてず右へ左へ日夜電気を分流し続けているというのに
「えーい、また落ちた」
と　怨めしそうに言われるあの悲しみが

反論

ブレーカーは人目を忍んでこっそり瞬きをしている気がする
それとも
じっと孤独に耐えているのだろうか

雪と桜

朝から雪が舞っている
窓のブラインドを
半開にし音もなく降る雪を眺めていると
それは
もうまるで
桜の花びらがひらひら舞っているようで
春と雪がいっぺんに訪れたような気配を感じるのだ

この雪と花の舞を
澄んだ山水《やまみず》のような冷酒《れいしゅ》で味わいたくて、仕事帰りに私は一軒の酒屋に寄った

早春

水がゆるみ
雲が流れ
西から柔らかな風が吹いてきた
花の蕾がふくらみ
畑の土は黒ずみ
遠くの山並みも輪郭がやわらいできた

春がもう近くまできているようだ
お隣の畑では、ネギ坊主がだんだん大きくなっている

つれあい

あの、
集落のはずれの高台にある神社まで行ってみませんか
もう梅の花が見頃でしょうから
そう言って
きみは僕とふたりで出かけた
梅の花を見あげる君
おみくじを見て喜ぶ君
僕らは一緒になってもう十八年になるのか
神社で
立ち止まっている君を見ていると
しみじみと愛おしい気がした

くくっ

サザンが九曲ながれる店で
にくにくしい肉たべるのは
　　十八歳のお姉さん
くし焼きぜんぶで三十六本
がつがつ食べてるお父さん
イチゴを五粒もたべるのは
　　かわいいさかりの妹で
それを見ていた兄さん六人
とってもにこにこ笑顔になった

結婚式

表にはまだ雪が残っているけれど
人はうかれ
町も浮かれ
通りには
たいこ叩きや駅長さんや
牝牛《めうし》やロバの楽隊や
ネコやねずみのバイオリン弾きに税理士や煙突そうじ人まで現われて
みんなが手に
手を取りあって祝祭のワルツを踊ってる

やがて白い花嫁があらわれた
青空は、祝福の天使でもういっぱいだ

マティス

会話
自画像
赤いアトリエ
花束　道化師　タンジール湾
夢　音楽
聖ドミニクス
　ゼラニウムのある静物
と　ヴァイオリンのある室内画
そして、私はマリーを愛す

ふとん干し

ずいぶん暖かくなってきた
お隣りは二階のベランダに布団をいっぱい干している
おばさんが
トントントン、布団を叩くと
リズムに乗って
春風がぐるりと町内を歩きはじめた
トントントン
トントントン
やぁ、君！
今年もまた町内に春を配っているんだね

オノマトペ

ぶつぶつ言うのはけんかの前
もおうっと言うのはけんかの最中
はぁあと言うのは空しくなって

隣で旦那はぐわァと寝てる

夕桜

ぎおん
ももその　祝町《いわいまち》
つつい　はごろも　きっしょうじ
にしき　なるみず　ひがしやま
香月《かつき》　さんのう
はるのまち

山ぞいの町を
夕暮れがつつみ、花の灯りが軒下にひとつふたつ揺れはじめた

チンチン電車

ちんちんを掻くな　チンチン
ちんちんを触るな　チンチン
チンチンチンチンチン言うな

だってボクちんちん電車

春

のっしのっし
と　草むらを歩くのはハイキング中のお相撲《すもう》さん
ピーチュクピーチュク
空を舞うのは
おすもうさんが好きな雲雀《ひばり》のおや子

小さな家

坂の上の小さな家は
トントンぶきで
裏に大きな柿の木がある
春になると
家の周りの石垣にたくさんの小花《おばな》が咲きみだれ
見上げると
柿の木の向こうに
やさしい青空が広がっている

あぁ、早く
「ただいまあっ」て母ちゃんに会いたい！

あっかんべー

海辺の丘にたつ
あの大きな蘇鉄《ソテツ》の皮をべろんと剥いだら
中には
ツタンカーメンのミイラが直立していて
物も言わずにこちらを見ていた
ボクは思わず
あっかんべーをして
そのまま走って逃げてしまった

注釈

『進学』　九州の筑後地方では、両替することを「きる」という

『若葉の頃』　篠原梵『葉桜の中の無数の空さわぐ』とどこか呼応しているようである

『蛙』　西田書店・日高徳迪さんの助言により、「登る」を「昇る」に改めた
詩が味わいを深くしたように感じる

『夕桜』　北九州八幡には美しい地名が多くある
この詩はそれらの地名で構成した

いつも適切な助言をくれた妻に、感謝している。

2017〜2018

謝辞

ぷいぷいぽこぺんぽこらにゃ
ぱかるとぱかりん
ぱかだまりん
ぱかぱかぱかぺん　ぱかこんにゃん
ぽこぺんぽこぱん　ぽこぽこりん

〜この本を手にとって下さったすべての方に〜

あっかんべー

2019年4月10日　初版第1刷発行

著　者　マティネ

発行所　株式会社西田書店
〒101-0051
東京都千代田区神田神保町2-34　山本ビル
Tel 03-3261-4509　Fax 03-3262-4643
http://www.nishida-shoten.co.jp

印　刷　平文社
製　本　高地製本所

ISBN978-4-88866-633-6　C0092